Mein kleiner Rackerdoll – Eine Liebe auf vier Pfoten

Buch

Dieses Buch ist eine lustige Geschichte über Rubys Welt und wie er sie sieht. Humorvoll, selbstironisch, mit einem Blick für das Wesentliche und der Hoffnung, dass viele Tierhalter die kleinen Missgeschicke und so manche Macken ihrer lieben Tiere mit einer großen Portion Humor sehen, um ein partnerschaftliches und liebevolles Miteinander erleben zu können.

Autorin

Kirsten Kohl ist in Hamburg geboren und aufgewachsen, ist gelernte Kosmetikerin und lebt glücklich und zufrieden mit ihrer Mutter, den Katzen Peppi, Anton, Pünktchen und Fluke und den Kaninchen Tippi und Bonny sowie ihrem Australian Shepherd Ruby in der Nähe von Grömitz in der Villa Kunterbunt an der Ostsee.

Kirsten Kohl

Mein kleiner Rackerdoll
Eine Liebe auf vier Pfoten
Geschichte

Bibliografische Information der Deutschen Nationalbibliothek
Die Deutsche Nationalbibliothek verzeichnet diese Publikation in der Deutschen
Nationalbibliografie; detaillierte bibliografische Daten sind im Internet über
http://dnb.d-nb.de abrufbar.

Deutsche Erstausgabe 2009
Copyright der Originalausgabe
by Kirsten Kohl
Satz, Umschlaggestaltung, Herstellung und Verlag:
Books on Demand GmbH, Norderstedt
ISBN 978-3-8370-2361-9

Mit diesen Buch, möchte ich mich bei meiner Mutter bedanken, die immer für uns da ist und sich mit ganz viel Liebe und Fürsorge um uns kümmert und uns auch in nicht so leichten Zeiten stets zur Seite steht.

Meinen geliebten Katzen Peppi, Anton, Pünktchen und Fluke sowie meinen Kaninchen Bonny und Tippi und in memoriam an Speedy, und vor allem bei Ruby, meinem besten Freund und Hund, den man sich wünschen kann. Ein treuer Wegbegleiter, ohne den ich dieses Buch nicht geschrieben hätte und nicht so viele lustige und schöne Dinge erlebt hätte und hoffentlich noch erleben werde.

Danken möchte ich auch meiner lieben Freundin Birgit, die immer für uns da ist und sich sehr lieb um Ruby gekümmert hat, vor allem auch nach meinem Unfall.

Ein Tag ohne Tiere ist kein schöner Tag!

Freud und Leid stehen oft nah beieinander,
aber es kostet nichts, seinem Tier Liebe,
Respekt und Toleranz entgegenzubringen!

Man kann auch ohne Tiere leben,
aber nicht so glücklich!

Gemeinsam
leben und leben lassen,
das ist eine gute Basis !

Das Tier, dein Freund,
in guten und in schlechten Tagen!

Was gibt es Schöneres,
als in die glücklichen Augen seines
Tieres zu sehen!

Hallo, ich bin der Ruby, oder auch Rackerdoll genannt, ein lustiger Zeitgenosse, ein richtiger süßer Sonnenschein eben!

Ich kann viele niedliche Hundetricks, lustige Hütchenspiele, im Liegen kriechen, Schubladen öffnen und mit meinen Pfötchen die Augen verstecken, im Sitzen beide Pfötchen geben und mein Schaf vom Ball unterscheiden, Frauchen die gewünschte Kleidung bringen, ihr abends im Bett die Socken ausziehen und sonstige Blödeleien. Meine Lieblingsspeisen sind selbst gebackener Thunfisch in Knochenform, Kekstaler mit lecker Hack und Gemüseeinlage, Hüttenkäse und Joghurtbecher ausschlecken. Sehr gern verstecke ich Frauchens leere Wasserflaschen hinter dem Sofakissen oder stehle ihr die Wäsche von der Leine und vergrabe sie unter der Decke meines Körbchens. Socken und lange Hosen finde ich klasse, mein Frauchen räumt die Wäsche in den Korb und ich wieder raus. Am meisten Spaß macht das in unserem großen Garten, ich stibitze mir ein Teil und Frauchen ruft: Oh, Ruby, bring das sofort wieder hierher! Ich gehe dann in die Spielposition – vorn runter, Hintern hoch – und brumme wie ein wild gewordener Bär. Kommt Frauchen, bin ich schon wieder weg und ab ins Beet damit. Ich renne durch den ganzen Garten und freue mich meines Leben, bis Frauchen sagt: Ruby, es reicht. O. k., dann hole doch deine Wäsche selbst aus dem Blumenbeet, ich habe jetzt keine Lust mehr zu spielen und mache einen auf beleidigt, nichts darf man als Hund! Ich spiele gerne mal den Kasper, will ständig neue Dinge lernen und kann mit meinem Charme alle um den Finger wickeln und grinsend überlegen, was ich als nächstes für 'n Quatsch anstellen könnte.

Selbstverständlich habe ich auch ein paar Macken, mein tägliches Geschäft mache ich auf den höchsten Steinen, sodass ich fast vornüberkippe und meine Nasenspitze in den Boden stecke, sieht sehr lustig aus. Dann putze ich mir nach jedem größeren Geschäft meinen Hintern im Gras oder Sand sorgfältig ab. Mein liebes Frauchen dachte schon, ich hätte die Drüsen voll. Also los zu unserem Tierarzt, aber Entwarnung, alles in Ordnung. So ist er eben, unser Ruby.

Ich bin ein niedlicher, drolliger Macho-Aussie, sagt mein Frauchen, schön, jung und besonders intelligent. Ich besitze ein herrliches Gewand aus schwarzem Fell, das in der Sonne glänzt wie reine Seide. Ein Tricolor mit leichten Nuancen in einem zarten Hellbraun, Schwarz und einer Brust, deren Haare weiß und lang sind wie die eines Championats-Siegers, bei einer Größe von 59 cm und einem Gewicht bei 30 kg reine Muskelmasse, und an meinen vier Pfoten trage ich kleine weiße Söckchen.

Ein lebendiger Adonis, wie hingemeißelt stehe ich da, und natürlich lege ich auch eine gewisse Arroganz und Dominanz an den Tag und bin in meinem Rudel gerne mal der Bestimmer, was bei meinem Frauchen leider nicht immer so klasse ankommt, aber ich merke auch, dass sie heimlich darüber lachen muss, wie selbstbewusst und witzig ich doch bin. Oft fühle ich mich in meiner persönlichen Freiheit sehr eingeschränkt, da ich vor Kreativität nur so strotze und mir selten langweilig ist. Es gibt genug zu tun, was man so anstellen könnte, wenn man denn dürfte.

Als ich bei meiner neuen Familie einzog, war ich gerade erst drei Monate alt, ich hatte mein tolles Rudel mit Mama Kira und sechs weiteren Geschwistern in der Nähe von Hamburg verlassen. So, da war es nun, mein neues Zuhause an der Ostsee, Toll, ein riesiger Garten, nette Nachbarshunde und zwei neue Dosenöffner, die mich vom ersten Anblick sofort in ihr großes Herz geschlossen hatten, schöne lange Ostseestrände, die ich nun täglich unsicher machen sollte. Mein neues Frauchen glaubte, ich hätte eine Uhr verschluckt, und so saß ich jeden Abend um Punkt fünf Uhr an der Haustür, um mein neues Herrchen stürmisch in Empfang zu nehmen, aber nach knapp drei Monaten erklärte mein Frauchen mir, dass ich nicht mehr zu warten brauche, denn unser Herrchen kommt nicht mehr, er hatte uns ganz plötzlich verlassen. Ich komme und Herrchen geht? Komische Welt! Oje, ich hatte ihn doch schon so in mein Kleines Hundeherz geschlossen, wir hatten uns doch gerade erst kennengelernt. Ich war sehr traurig und es hat ziemlich lange gedauert, bis ich verstand, dass, egal an welcher Tür ich auch wartete, er nicht mehr kommen würde. Frauchen hat mich getröstet und wir sind ein super Dream-Team geworden, eine tolle Freundschaft führen wir, jeder akzeptiert die Eigenarten des anderen und wir sind immer füreinander da. So, ab jetzt sind wir auf uns allein gestellt, das aber hat aber auch viele Vorteile, denn von nun an werde ich der Rudelführer sein, glaubte ich jedenfalls!!!

Also, mein liebes Frauchen ist alleinerziehend, und das mache ich ihr nicht immer leicht, denn ich bin ein Hallodri auf vier Pfoten, aber ein ganz süßer, eine Fellnase, die Frauchen viel zum Lachen bringt, aber auch gern mal den Chef raushängen lässt. Ich ließ Frauchen nie aus den Augen, jeder Schritt wurde eisern verfolgt, egal wo sie hinging, ich, ihr Schatten, war immer da, und zum Glück war Oma Katze ja bei uns eingezogen. Wie schön, nur Frauen im Haus, die kann ich sicher leicht mit meinem Charme einwickeln. Und so wuchs ich zu einem tollen Australian Shepherd heran, der sehr viel Spaß mit seinem Weiberhaushalt hat.

Die Zeit kam und ich lernte, zeitweise auch mal kurz allein im Haus zu sein, was nicht spurlos an der Wohnungseinrichtung vorüberging. Vieles hatte gelitten, vor allem mein Frauchen, denn sie hatte so einige Paar Schuhe jetzt nicht mehr, oder besser gesagt, von vielen nur noch einen. Ja, wo will sie denn auch hin ohne mich? Es gab öfters Meinungsverschiedenheiten über das Allein-Weggehen, ohne mich!

Auch die frischen Tapeten im Flur, alles abgerissen, das gab Ärger, habe ich aber bloß einmal gemacht. Frauchen hat mich auf meinen Platz verwiesen und eine halbe Stunde nicht beachtet. Mir kam es vor, als wären es drei Tage. Es war schrecklich für mich, wo ich ihr doch immer gefallen möchte. Ich habe nie mehr was zerstört, soll Frauchen ruhig gehen, ich mache es mir auf dem Sofa so richtig gemütlich, und zwar auf ihrem Platz, mit dem weichen Kuschelkissen, das ich mir in meine Ecke platziere, und mein Köpfchen obendrauf. Wenn mein liebes Frauchen mal länger aus dem Haus muss, kommt Oma Katze zu mir runter und bringt mir lustige neue Tricks bei, die wir Frauchen dann voller Stolz vorführen, wenn ich dann Lust habe.

Oma versuchte mir beizubringen, was ich schon als kleiner Welpe konnte, hatte dann aber keine Lust mehr, Oma die Leine zu bringen, und habe bei dem Wort Leine immer meine Ohren ganz schnell nach hinten gepresst, sah aus, als wären sie fest angenäht. Oma geht ja doch nicht mit mir Gassi, wozu ihr also die Leine bringen? Ich habe immer so getan, als wüsste ich gar nicht, was sie von mir wollte, und das hat Oma so geärgert, weil bei Frauchen klappt das immer sehr gut. Soll Oma mir lieber meinen dicken Bauch streicheln, und wir liegen gemeinsam auf dem Sofa, bis Frauchen kommt. Sicher hat sie mir wieder diese frischen leckeren Würstchen vom Metzger mitgebracht. Also erst mal einen Blick in die Einkaufstüte werfen, dann alles, was ich nicht mag, ausräumen, solange Frauchen nicht in der Nähe ist und mich wieder anmeckert, statt Würstchen sollte es lecker Markknochen geben. O. k., also schnell die kleine Tüte ins Maul und alles hinter dem Bücherregal verstecken und hoffen, dass Frauchen sie nicht findet. Als ich später nach meiner Beute schaute, war alles weg, aber wohin? Können Knochen laufen? Ein fragender Blick zu Frauchen. Nächstes Mal doch lieber wieder zwischen die Sofakissen? Gut, lieber nicht, fand sich ja schon so einiges wieder an, hatte ich doch erst das Telefon, das Frauchen so verzweifelt suchte, hinter dem Sofakissen vergraben, und noch so einiges anderes. Sollte ich doch lernen, Frauchen das Telefon zu bringen, wenn es klingelte, bin ich etwa ihr Dienstbote?

Mein erster Geburtstag rückte näher und ich hatte ja schon viel Blödsinn angestellt, aber das trieb Frauchen vor Angst die Tränen in die Augen. Ich stolzierte an einer Weide entlang und wollte mir die Kühe mal aus nächster Nähe ansehen, sie sahen aus wie unsere Katze Pünktchen mit den großen schwarzen Flecken am Hintern, nur viel größer. Wie vom Teufel geritten und nichts wie los und die Ohren wieder mal voll auf Durchzug. Oje, ein riesiger Bulle kam auf mich zu und stürmte wie verrückt los und ich hinterher, wollte mal versuchen, die Herde zusammenzutreiben, bin doch ein Hütehund, oder nicht? Panik lag in Frauchens Stimme, als sie sagte: Tschüs, Ruby!, und in eine andere Richtung ging in der Hoffnung, sie sei wichtiger als diese wild gewordenen Kühe. Voller Panik suchte ich nach einem Ausgang und ab zu Frauchen. So, bin schon da, grins. Sie hätte mich am liebsten gewürgt, war wohl aber froh, dass die Kühe mir nicht das Fell über die Ohren gezogen haben, und sie nahm mich glücklich in ihre Arme und an die Leine! Ruby, kannst du mal einen Tag keinen Blödsinn anstellen, einfach nur mal ein braver Hund sein? Nein, leider nicht!

Oh, lecker, es gab Rundstück warm, aber eigentlich nicht für mich, oder doch? Als Frauchen Oma Katze zum Essen holen ging, weil sie wieder mal nicht bei ihr anrufen konnte, denn ich hatte ja das Telefon versteckt, und dann lockte mich der leckere Bratengeruch in die Küche, ich konnte einfach nicht widerstehen. Oje, was hatte ich bloß wieder angestellt? Den ganzen Braten vom Toast weggeputzt, nur das nackte Brot lag einsam mit einer kleinen Gurke auf den großen Tellern rum. Frauchen traute ihren Augen nicht und dachte schon, sie sei wohl langsam am Verblöden, aber sie ahnte schon etwas. Ich lag schon mal auf meiner Decke, wo ich ja sonst eher selten liege, und tat so, als schliefe ich ganz fest, ja fast in einem komatösen Zustand, hatte ich meinen Kopf samt Ohren zwischen meine Pfötchen eingerollt, sodass es aussah, als hielte ich mir meine Ohren zu, denn ich ahnte ja, was gleich kommen würde. Dann plötzlich ein lautes „Ruby?". Ich konnte Frauchen nicht in die Augen schauen. Sie sah nur, wie mein kleines Schwänzchen ganz schnell hin- und herwedelte, und stellte fest, dass ich ja wohl doch nicht schlafen würde, und machte mir eine deutliche Ansage. Ich bereute zutiefst und versuchte mich bei ihr einzuschleichen, was mir aber erst später gelang. Frauchen hatte mich erst mal etwas leiden lassen, musste ja nun wieder los, um neuen Braten zu besorgen, denn Oma Katze hatte ja schrecklichen Hunger, wie immer. Aber die Versöhnung ist immer toll, denn wir können beide nicht lange böse sein und schon gar nicht aufeinander.

Mein liebes Frauchen wird sehr oft angesprochen, ich würde beim Laufen immer so schelmisch grinsen und aussehen wie Hans im Glück! Meine Nase trage ich immer etwas höher als eigentlich nötig, sieht aber ganz wichtig aus, bin deswegen aber auch schon oft gestolpert, weil ich ja nicht sehen kann, wohin ich laufe, wenn die Nase in Himmels

Richtung schaut und es aussieht, als ob ich ein schönes Liedchen pfeifen würde.

Auch die Hundewelt der Damen findet meine hochnäsige Art nicht schlecht, denn sie wissen eben, dass ich ein ganz schicker Kerl bin, der sich nur mit den Damen seines Geschmacks abgibt, und das sind nicht wenige.

Ja, Frauchen traute ihren Augen nicht. Cindy am Strand, es muss mein Glückstag sein, sie völlig verliebt und auch noch mein Geschmack, wackelte sie vor mir hin und her, dann ist es passiert Oh nein, schreit Frauchen völlig hysterisch, bloß nicht noch mehr Hunde, es gibt doch schon so viele kleine Rackerdolls, die nicht ein so schönes zu Hause haben wie du, Ruby!

Oje, zu spät leider.

Da ich hatte wieder meine Bestätigung, dass ich ein klasse Typ bin, ein richtiger Herzensbrecher mit Charme und Humor, voller Hochmut und hocherhobenen Hauptes stolzierte ich den Strand entlang, ja, man sah mir mein Glück an und ich wuchs förmlich über mich hinaus, ich platzte fast vor Stolz und Freude, Frauchen auch, aber sicher nicht vor Freude, sondern weil ich wieder mal nicht richtig gehört habe, als sie sagte: Ruby, nein, denke nicht mal daran! Hätte ich besser hören sollen und kommen jetzt ganz viele Kleine Rackerdolls in unser Rudel? Ein Blick zu Frauchen. Oh nein, Ruby, aber nicht zu uns, ein Egomane im Haus ist genug! Äh, wer ist denn hier Egomane, kenne ich gar nicht, wohnt der auch hier? Ich weiß genau, dass Frauchen am liebsten eine Arche Noah hätte, aber das geht ja leider nicht, noch nicht! Wenn ich noch viele nette Hundedamen treffe, vielleicht?

Manchmal werden wir am Hundestrand angesprochen, ob Ruby nicht Lust hätte, Papa zu werden, weil sie schon länger nach einem Hund suchen, der so lustig ist und aussieht wie Ruby! Ich traute meinen Ohren nicht, als ich hörte, wie mein Frauchen sagte: Nein danke, aber das wollen wir nicht. Wie, wir wollen nicht? Ich will schon, und wie ich will! Dann der entscheidende Satz von Frauchen: Ruby bekommt wohl noch in diesem Sommer ein reversibles Kastrationsimplantat unter die Haut gesetzt, oder doch lieber gleich eine richtige Kastration? Oje, bloß das nicht, das würde mir gerade noch fehlen: ich, ein hormongesteuerter junger Ausssie, der voller

Elan in der Blüte seiner Kräfte steht. Ja, soll Frauchen dann ruhig sehen, wenn ich träge und faul werde, nur noch in der Ecke rumliege und sie mich beim Gassigehen tragen muss. Bin ich dann nicht mehr der lustige schelmische Ruby, über den es so viele lustige Geschichten gibt, und bekomme ich dann etwa mein Babyfell zurück? Viele kleine Löckchen hinter den Ohren? Oje, meine ganze Männlichkeit wird völlig hinüber sein und mein Bellen wird sich anhören wie das eines Welpen. Hoffentlich überlegt Frauchen sich das noch mal! Die Damenwelt zieht sicher an mir vorüber, ohne mich eines Blickes zu würdigen, Bin ich dann nicht mehr der Bestimmer, der Strandchecker, und werden die anderen Rüden mich nicht mehr akzeptieren? Nachdem Cindy und ich am Strand zusammen verschmolzen sind, bin ich hinter jeder attraktiven Hundedame her, zurzeit habe ich nicht sehr viel anderes im Kopf. Frauchen meint, ich sei ungezogen, bockig und will nur meinen Dickkopf durchsetzen, und nachts, wenn Frauchen schlafen möchte, stehe ich an der Schlafzimmertür und fiepe und hoffe, meine Angebetete möge mich erhören und mich zum Rendezvous abholen, denn sie wohnt nur ein Paar Häuser weiter.

Ja, ich spüre es, wenn sie abends noch eine Runde an meinem Haus vorbeikommt, um mich zu treffen, und ich sabbere und klappere mit den Zähnen und mein liebes Frauchen dachte, ich müsste dringend Pipi machen. Nein, ich wollte ganz was anderes machen, überall ihr Duft, an keinem Baum komme ich vorbei, ohne ihr eine wichtige

Nachricht von mir zu hinterlassen. Ich sauge kilometerlange Duftspuren wie ein Staubsauger in mich rein, ohne meine Nase einmal vom Boden hochzunehmen. Ja, ich bin verliebt, sie ist blond und hat kurzes lockiges Haar und einen sehr edlen Gang, so schwungvoll und elegant, fast auch ein wenig eingebildet. Frauchen meint, wir würden sehr gut zusammenpassen. Schon allein wegen der Einbildung. Ich gebe nicht auf und wir werden uns sehen, bis bald, meine Liebste!!!

Als ich nach längerer Abstinenz meine Schöne wiedertraf, war sie sehr erkühlt, keines Blickes würdigte sie mich mehr! Was war geschehen, hatte sie sich etwa entliebt? Schielte sie doch sonst immer bei der Abendrunde in die Richtung meines Schafzimmers in der Hoffnung, ich würde auch gerade meine Gassirunde drehen wollen, aber jetzt kein Interesse mehr? Sie ging an mir vorbei, als würden wir uns gar nicht kennen. Ich plusterte mich in Position und machte mich größer, als ich eigentlich war, aber nichts, sie wollte weiter, aber wohl ohne mich. Ich war traurig und beleidigt und zog mein Frauchen in die andere Richtung, bloß weg hier, gibt ja noch andere schöne Hundedamen in unserem Dorf.

Oft bringe ich Frauchen zum Schmunzeln, es sei denn, ich höre das böse Wort: Ruby, es reicht. Oje, das heißt nichts Gutes, Frauchen scheint echt sauer zu sein. Ich tue mal so, als höre ich sie gar nicht, den Ärger kann ich mir auch später noch abholen, der läuft ja nicht weg, leider. Oft macht Frauchen dann einen auf beleidigt, und das nur, weil ich mal nicht höre oder weil ich des Öfteren mal nicht gleich angerannt komme, wenn Sie mich ruft? Ich finde, dass ich sehr gut hören kann, wenn ich dann will.

Es gibt keinen Grund zum Klagen, ich höre exzellent, es sei denn, es gibt was Wichtigeres, wo ich erst mal hinmuss, aber gleich danach bin ich sofort zur Stelle, sollte es dringend sein, oder etwa was Leckeres für mich geben. Sollte Frauchen ruhig mal erwähnen, wie schnell ich dann da bin, machen ja nicht umsonst immer diese blöden Übungen beim Spazierengehen: Halt, Ruby, warte, und bleib, so ist brav, toll gemacht, so, nun komm, als könnte ich das nicht schon längst auswendig. So, Ruby, hole das Frisbee, ich renne los, freue mich wie verrückt, und dann sagt Frauchen: Ruby, halt! Ja, was denn nun? Soll ich warten oder laufen? Dann tut Frauchen wieder einen auf beleidigt, nur weil sie nicht weiß, was sie von mir will.

Beleidigt schauen, das kann ich selbst besonders gut, es muss ja wohl nicht sein, dass Frauchen sich auch um andere Tiere hier im Hause kümmern soll, wo ich doch dachte und hoffte bei meinem Einzug, es gäbe nur mich hier. Ja, das lasse ich dann richtig raushängen, dass ich die anderen Tiere, Kätzchen, das ist ja schon schlimm genug, und auch gleich noch vier Stück mit so Namen wie Peppi, Anton, Pünktchen und Fluke! Das sind Mutter, Vater und deren zwei Kinder. Bin ich froh, dass ich nicht so heiße, aber auch noch Kaninchen, die kenne ich ja eigentlich nur aus meinem Futternapf, und selbst da finde ich sie nicht so klasse. Und dass unsere auch noch Namen haben, wie Tippi und Bonny, und aussehen tun die zwei wie Löwen in Miniaturausgabe, der eine erscheint mir etwas dicklich und hat so lange Hängelöffel, und der andere sieht aus, als trage er eine Sturmbö auf dem Kopf, eine echte Punkfrisur. Jedenfalls ich allein und natürlich mein liebes Frauchen, das hätte mir schon gelangt, da brauche ich nicht noch andere Schmarotzer hier im Haus, die zu meinem Leidwesen auch noch bekuschelt und bespielt werden wollen, wie Stöpsi werfen, das glaubt man kaum, aber unsere Katzen spielen mit einem Stöpsi, so einem Ding, das Frauchen Weihnachten ans Fenster pappt, damit diese blinkende Lichterkette mir abends auf die Nerven gehen kann. Die tragen das Ding im Maul umher, sieht aus, als hätten sie einen Schnuller zwischen den Zähnen, richtig albern eben.

Die eine Katze sieht aus wie eine Kuh, weiß mit ganz vielen

großen schwarzen Flecken am Hintern, und gehen tut die, als hätte sie eine Hose an, so breitbeinig, zum Schmunzeln. Der andere, der immer mit dieser Nuckelpille im Maul umherrennt, kommt aus einem Tierheim und scheint besonders an meinem Frauchen zu kleben, ein richtiges Anhängsel, dieser Peppi, schleicht ständig um Frauchens Beine rum, schnurrt und will am liebsten den ganzen Tag auf ihrem Arm umhergetragen werden, als hätte sie nicht schon genug mit mir zu tun. Und dann noch dieser Anton, ein schicker, langbeiniger schwarz-weißer Macho, vom Gang her fast wie ich, ein Modeltyp, ein echter Salonlöwe eben, der genau wie ich gern breitbeinig in Rückenlage in Frauchens Bett liegt, und das auf meiner Seite, und dann riecht alles nach Katze in meinem Bett, und das finde ich gar nicht witzig. Und seine Mama, die Fluke, ist eine kleine Kratzbürste, die immer zu mir ins Zimmer will und an der Tür kratzt, um mich zu ärgern. Obwohl ich sie nicht sonderlich ausstehen kann, was ihr aber egal zu seinen scheint. Dann bin ich mal durch die Tür gestürmt und hatte die Kätzchen wohl so erschreckt, dass die eine im Kaminofenrohr verschwand und der andere vom Tisch in die Gardinenstange sprang. Oha, völlige Panik brach aus und Frauchen musste erst mal die Katze aus dem Ofenloch ziehen, was nicht so einfach war, und tagelang waren die Kätzchen völlig durch den Wind und Frauchen hat erst mal das Ofenloch mit einer großen Decke zugestopft, falls ich wieder mal vor Eifersucht die Kätzchen erschrecke.

Ich höre das sehr wohl, wenn Frauchen mit meinen Mitbewohnern säuselt. Ach, meine süßen Mullemänner, ich habe euch ja alle so lieb, gleich kommt ihr zu mir zum Kuscheln und Toben! Hat sie nicht auch schon oft Mullemann zu mir gesagt, bin ich etwa eine Katze? Ja, dann kommt es auch bald noch eine Runde toben und dann heißt es, so, Ruby, nun gehst du in dein Körbchen ins Schlafzimmer, fein Fressi machen, mein Süßer, und bis gleich! Tür zu und Frauchen kommt auch bald! Ja, ca. zwei Stunden später, wenn ich Glück habe, ist nicht schlimm und ich wäre nicht Ruby, wenn mir nicht allerhand Unfug einfallen würde, was ich in der Zeit im Schlafzimmer so anstellen könnte. Also los, erst mal vor lauter Wut den ganzen Korb ausräumen, die Decken zusammenknödeln, Frauchens Kissen auf den Boden schmeißen, die Kuh, Ente, Huhn und mein Lieblingsschaf schon mal ins Bett in die Spielposition bringen, dann mal in den Napf schauen, ob Frauchen heute für mich selbst gekocht hat, oder etwa doch einfach was aus der Dose?

Vorsichtig einen Blick hineinwerfen, mal schnuppern und dann einfach den Napf mit den Dosen Fressi, den ich nicht mag, schnell unter den Sessel im Schlafzimmer schieben und hoffen, Frauchen merkt es nicht gleich, wenn sie ins Bett kommt. Mit etwas Glück spielt Frauchen noch vorm Schlafen mit mir eine kleine Kissenschlacht, oder ich bekomme vorher noch einen ordentlichen Anschiss nach der wilden Verwüstung! Gut, sonst gleich morgen früh?

Sowie Frauchen ein Auge öffnet, bin ich schon da, mit allem, was mein Korb so hergegeben hat, und während alle anderen im Wohnzimmer mit meinen Socken toben, die ich mühevoll aus Frauchens Wäschekorb gestohlen habe, damit sie mir die Socke über die Nase zieht – das ist eines meiner Lieblingsspiele. Sieht etwas bescheuert aus, macht aber großen Spaß, und Frauchen hat auch viele Fotos davon gemacht, sicher nur um mir zu zeigen, wie albern ich damit aussehe. Ist aber auch witzig, besser, als stundenlang das blöde Schaf zu suchen, das Frauchen immer im ganzen Haus versteckt, und ich soll es dann suchen gehen, als würde ich nicht jeden Winkel meines Reiches kennen. Ich schmolle und lege mich mal ab, solange ich das Bett für mich habe!

Fliege eh gleich raus, denn ich sollte eigentlich auf meiner riesigen roten Bettdecke schlafen, die neben Frauchens Bett liegt, die eigens für mich angeschafft wurde. Hat man mich gefragt? Nein!

So ein Bett ist doch groß genug für uns zwei, jeder eine Seite, wir teilen doch sonst auch alles, außer oft die Meinung, sagt Frauchen. Und alle außer mir dürfen auch bei den Kaninchen im Gehege rumtoben und sich sogar auf deren Stall legen, oder wenn Frauchen nicht aufpasst, liegen sie auch mal im Stall. Oft denke ich dann, die Katze sei ein Kaninchen, riechen tun sie dann jedenfalls so, und ich glaube dann, mein Futter läuft hier noch lebendig umher. Ich darf ja auch nicht mal in deren Stall gucken, und das nur, weil ich ein Hund bin, oder weil ich die Eifersucht in Person bin? Wenn ich das doch auch mal schaffen könnte, mich in einem unbeobachteten Moment anzuschleichen, um ihnen zu zeigen wer hier der Boss ist. Ich tue ja nichts, ist nur lustig, sie alle wegzubellen, so wie am Strand, da geht es doch auch! Alle Kaninchen laufen auf mein Kommando, schnell weit weg.

Ich weiß noch, als Frauchen zu mir sagte, so, Ruby, da du ja auch so gern über Zäune springst, hast du bestimmt auch Lust auf Agility Sport! Es war ein warmer Sonntag im April, ich gerade etwas über ein Jahr alt, sportlich wendig und wie von Sinnen, meldete Frauchen mich zu einer Junghunde-Agility-Probestunde an, um mich dort vorzustellen. Toll, das war mein Platz, dachte ich, jedenfalls bis ich sie sah, die anderen Hunde, die nur halb so hoch waren wie die Stangen. Sollen die unten durchlaufen oder wie kommen die da rüber?

So, erst mal ein paar Gehorsamsaufgaben und die Hindernisse aus der Nähe ansehen, nun mit Frauchen an der Leine kleine Stangen überspringen. Pah, das ist doch wohl für Anfänger, dachte ich und wurde von der Trainerin in den höchsten Tönen gelobt, noch!

Nun das Ganze langsam und ohne Leine noch mal, also an den Start. Jetzt hatte ich meinen Auftritt. Wie von einer Tarantel gestochen rannte ich an allen anderen Hunden vorbei und ab durch den Tunnel, dann über die Wippe, oje, das wackelte so, habe mich ganz schön erschrocken, Frauchen auch. So, nun noch den Oxer, und schon höre ich Frauchen schreien: Ruby, nein, komm hierher! Zu spät, das Publikum war begeistert von mir, alle lachten und freuten sich über die nette Showeinlage, nur Frauchen war von meinem Übermut nicht sonderlich angetan.

Ja, das macht er ja toll, geht ihr schon länger zum Hundesport? Oh nein, heute das erste Mal!

Ja, mein kleiner Rackerdoll ist wohl ein Naturtalent auf vier Pfoten.

Außer Rand und Band war ich und sprang, als ginge es um den Siegerpokal. Als ich dann noch zum Pferd über den Zaun sprang, der gleich neben dem Parcours stand, ja, da lachte keiner mehr. Frauchens Laune war dahin, auch das Pferd war stocksauer und schnaufte mir durch seine Nüstern mitten ins Gesicht. Oje, ich bekam ein riesigen Schrecken und es hieß, komm sofort hierher, Ruby! Nein, mein Übermut war gebrochen, ich saß wie versteinert in der Ecke und dachte, das Pferd mag mich wohl nicht so sonderlich, hatte es wohl beim Grasen gestört, und wie komme ich hier bloß lebend wieder raus? So, Ruby, wie du reingesprungen bist, kommst du auch wieder raus, ein leidiger Blick und Frauchens Mitleid retteten mich aus der misslichen Lage, zum Glück. So, mein kleiner Rackerdoll, hoffentlich dürfen wir hier noch mal wiederkommen nach deinem Soloauftritt. Ja, das durften wir und hatten alle noch eine Menge Spaß zusammen, auch das Pferd hatte ich nicht mehr besucht, ich war ja leider erst mal an der Leine!

Da hatte Frauchen wieder mal eine super Idee, unsere Fluke, die neugierige kleine Kratzbürste, an der Leine im Garten spazieren zu führen. Ich traute meinen Augen nicht, als ich sie im Garten entdeckte, und die Eifersucht ging mit mir durch – ich drin und die Bürste draußen? Vor Wut sprang ich auf den Kratzbaum, der fiel um und knallte zu Boden. O. k., dann eben doch nur vom Fußboden aus durchs Fenster schauen. Die kleine Fluke hatte sich so erschreckt und sprang mit einem Satz auf einen Baum, klammerte sich fest und Frauchen wusste nicht, wie sie die verschreckte Bürste wieder vom Baum bekommen sollte. Ja, ich beobachtete das genau und ich bellte, was das Zeug hielt, was das Kätzchen nicht gerade sanfter stimmte. Oma Katze kam zu mir runter und versuchte mich zu beruhigen und verwies mich auf meinen Platz, und Frauchen lockte die Mulle mit netten Versprechungen und zartem Ziehen an der Leine, doch wieder mit ins Haus zu kommen, leider vergebens, aber Oma hatte einen Plan! So brachte sie lecker Fressi und schüttelte die Dose mit dem Trockenfutter. Ja das Geräusch kennt sie, und da die kleine Bürste sehr verfressen ist, hat es auch funktioniert. Sie lockerte ihre Krallen und kam ganz langsam Richtung Boden, und dann kam ich, stand schon wieder am Fenster in den Startlöchern, und sie schien zu überlegen, ob sie kommt oder doch lieber wieder auf den Baum springt.

Aber die Kratzbürste kam und mein Frauchen wollte nun nicht mehr mit Mulle im Garten spazieren gehen. Also schnell rein und Tür zu. Und ich sah sie kommen und ging schon mal ganz lieb auf meinen Platz und tat so, als wäre nichts gewesen. Ja, das kann ich sehr gut.

Weihnachten, das war toll, es gab riesige Geschenke für mich. Selbst gebackene Knochen mit Karotten und Thunfischeinlage, echt lecker, so ein Hundeleben. Ein schickes neues Halstuch in Orange mit den eingestickten Worten „Kleiner Herzensbrecher", eine neue Leine in Orange, passend zum Halstuch und zum neuen Geschirr, das ich von Oma Katze bekommen habe. Na toll, das hatte mir gerade noch gefehlt, diese Zwangsmaßnahme an meinem Körper.

Aber meinen Geburtstag hatte ich mir etwas anders vorgestellt. Es war der 15.1.2009, also mein zweiter. Ich habe genau gespürt, heute ist mein Tag, und hoffentlich nur meiner, also einfach mal nur tun, was ich will, mich nicht unterordnen müssen und gehorchen: Sitz, Platz und los, Socken holen, das Stöckchen bringen und durch irgendwelche Reifen hopsen und mach dies, mach das. Alle meinen immer, Hunde brauchen den ganzen Tag Bespaßung. Ist das so? Mir fällt selbst genug Quatsch ein, oft zum Leidwesen von Frauchen.

Einfach mal den Clown raushängen lassen, ja, das wäre toll gewesen, aber nein, gleich morgens hat Frauchen so komische Lieder gesungen, und trällerte was von Happy Birthday und so was, hätte ich nicht so dringend gebraucht, aber sie meint es sicher nur nett. Hätte nur noch gefehlt, Frauchen hätte mich mit einem Papierhut auf dem Kopf geweckt, ich wäre sicher vor lauter Schreck aus dem Bett gefallen.

Ich bekam noch mehr leckere Knochen und Plüschtiere, als hätte ich nicht schon genug davon rumliegen. Ich weiß sowieso oft nicht, mit was ich Frauchen zum Spielen auffordern soll. Ich schleppe erst mal alles an und sehe dannm wie ich Frauchen zum Spielen animieren kann. Auch morgens drapiere ich alles, was ich in meinem Schlafkorb findem wo ich nur mein Spielzeug sammle, statt zu schlafen, denn das tue ich breitbeinig in Rückenlage auf meinem Kissen in Frauchens Bett, sollte ich eigentlich nicht.

Deswegen bekam ich ja bei meinem Einzug diesen riesigen Korb, wo ich gleich dachte, das, meine Lieben, hättet ihr euch sparen können. Ich schlafe bei Frauchen im Bett! Ein riesiges Bett für Frauchen allein? So ganz nah bei ihr ist doch viel gemütlicher, vor allem für mich. Vielleicht habe ich auch zu viel Spielzeug? Gibt es so was überhaupt? Kann ein Hund zu viele Plüschtiere, Kauknochen, Seile und Bälle haben? Nein, nur zu viele Halsbänder, Leinen und diese Geschirre, die man dann so um seinen Adoniskörper gezwängt kriegt. Würde sowieso lieber ohne alles laufen, als freier Hund, nur ich und meine ganz persönliche Ausstrahlung. Trage beim Spazierengehen sowieso meine Leine meistens selbst, und voller Stolz führe ich dann mein Frauchen aus. Sollte ich eventuell armen Hunden, die nichts haben, etwas abgeben, Spielzeug, Leinen und Halsbänder? Darüber sollte Frauchen sich wohl mal Gedanken machen, das ist keine Entscheidung, die ein Hund alleine treffen sollte, denn eigentlich bin ich eher ein Aussie, der alles gebrauchen kann, was in seinem Spielkorb so rumliegt. Eine richtige Hundeparty zum Geburtstag mit meinen besten Freunden Buddy, Emma, Willy und Tilly, das wäre was gewesen, aber nein, keine Homeparty mit einem riesigen Buffet und alles voller Hundeknochen, die an langen Wäscheleinen einmal um den ganzen Garten hängen, und selbst gebackenen Thunfischkuchen, ein heißer Grill mit leckerem Hundefleisch und Würstchen? Ein großer Napf voll Hundebier, so heißt das gute Wasser aus Frauchens Trinkflasche, das sie mir freundlicherweise öfter mal in meinen Napf gießt, statt nur dieses langweilige Leitungswasser.

Mal die Kätzchen und Kaninchen jagen oder im Garten zum Nachbarn über den Zaun springen und mal schauen, ob dort eine Geburtstagsüberraschung auf mich wartet – werden ja wohl was im Hause haben, denn da wohnt ja auch ein süßer Hund, etwas klein und für mich jedenfalls viel zu niedrig, aber nett und heißt Jette. Aber lieb, wie Frauchen immer ist, haben sich alle meine Freunde am Strand zum Toben verabredet, eine klasse Idee, die Frauchen da hatte. Buddys Frauchen ist auch meines Frauchens liebste Freundin und gehört fest zu unserem Rudel, ein tolles Geschenk hat sie mir gemacht, eine Plüschkuh, die muht, na toll, hat sich aber schon ausgemuht.

Völlig hinüber, die Arme sieht lustig aus so ohne Innenleben und völlig zerzaust, habe ihr schon das bunte Fell über die Ohren gezogen. Frauchen sagt immer, ich bin ein richtiger Rackerdoll, ein Grobmotoriker und kraftstrotzender, pubertierender, auch etwas eingebildeter Aussie, der gern seinen Charme spielen lässt und so alle um den Finger wickelt. Ein liebevoller Blick von mir und Frauchens Zorn ist wie weggeblasen.

Ich und meine liebsten Freunde Buddy und Emma sind echte Strandchecker. Ja, das ist unser Revier, dort treffen wir uns alle, auch die, die wir nur dulden und gar nicht so mögen.

Emma ist eine witzige kleine Schäferhund-Mix-Dame mit Dackelbeinchen und klebt ständig an meines Frauchens Leckerli-Beutel und klaut, was das Beutelchen so hergibt. Buddy ist ein imposanter grau-weißer Aussie-Bobtail-Mischling, eine Seele von Hund. Und der Strand ist ja für alle Hunde da, zum Glück! Wir laufen täglich an sämtlichen Hunde-stränden zur Schau auf. Auch mein Tag beginnt morgens früh, für mich oft zu früh. Ja, ich mache nachts eine Wan-derung durch unser Schlafzimmer, rein ins Bett und wieder raus, auf meine Decke, oder doch lieber an der Eingangstür liegen, die zum großen Garten führt? Und morgens schlurfe ich dann mit müden Augen und hängendem Kopf durch den Flur, direkt aufs Sofa, mit einem lauten Aufstöhnen plumpst mein Köpfchen auf mein schönes weiches Kissen, oder war es Frauchens Kissen? So als Erstes für Oma die Zeitung hier um die Ecke im Imbiss holen, dann noch schnell zu unseren lieben Nachbarn, die zweite Zeitung holen, selbstverständ-lich trage ich sie alle selbst voller Stolz zurück in unser trautes Heim, habe ich mir mal bei Hund, Katze, Maus abgeguckt, dann zu Oma hochschauen. Meistens schreit sie schon von oben runter: Ja, Ruby, klasse, wie du die Zeitung bringst, ein lieber Hund bist du! Bringst du Oma die Zeitung? Ja, Oma, mache ich doch jeden Morgen, oder? Ich weiß, dass ich toll bin, gibt auch immer eine klasse Belohnung für mich, und alle gucken zu uns rüber und rufen uns zun der ist ja süß und so schlau, der kann ja die Zeitung tragen. Ich kann noch ganz andere Sachen, wenn ich will. Und nach schwerer getaner Arbeit erst mal eine Runde aufs Sofa und ausruhen, bin eben ein richtiger Langschläfer.

Gegen Mittag, wenn ich höre, dass Oma Katze, also Frauchens Mama, die Treppe runtergepoltert kommt, mein Grinsen geht dann einmal um das ganze Gesicht, ja, ich kann richtig lachen, wenn es was zu lachen gibt, dann weiß und hoffe ich, sie nehmen mich mit, egal wohin. Eigentlich geht es dann immer zum Strand, ins Feld oder wir fahren irgendwo in ein leckeres Futterhaus, wo Frauchen und Oma dann tolle Dinge für uns alle holen und ich noch mal in alle Futtertröge gucken kann, ob sie nicht eventuell was Leckeres vergessen haben. Oh ja, ein riesiges ganz hässliches Huhn, das wäre was für mich, oder? Ein Blick zu Frauchen, und ich hörte, nein, Ruby, du hast schon so viel, und so ein hässliches Huhn hast du auch, nur in kleiner.

Eigentlich wollten wir doch was abgeben, oder? Oh, bloß das nicht, ich wollte sicher nichts abgeben, und deswegen bringt mein Frauchen mal wieder ein neues, riesiges Schaf aus langem zotteligen Fell mit nach Hause, weil ich so viel habe, oder meinte sie vielleicht, ich habe zu wenig, und wir wollen gar nichts abgeben? Schau, Ruby, ich konnte nicht widerstehen, ist das nicht süß?, säuselte Frauchen. Ich weiß nicht, wer sich mehr darüber gefreut hat, ich oder mein Frauchen. Abends hat Frauchen dann das Schaf in den Wintergarten gestellt, und die Katzen dachten wohl, hier wäre ein neuer Kollege von ihnen eingezogen. Völlig panisch sind sie um den Einzögling rumgeschlichen und vorsichtig, mit kleinen Tatzenhieben, haben sie dem Schaf das Fell über die Ohren gezogen. Oje, das arme Ding.

Ich habe gerade einen riesigen tollen Knochen bei meinem Freund Buddy abgestaubt, lohnt sich, öfters mal bei der Abendrunde noch bei Freunden vorbeizuschauen, irgendetwas findet sich immer für mich. Beim letzten Besuch hatte ich auf deren Tisch einen Mini-Schokokuss gestohlen, immer wenn ich jetzt meinen Freund besuche, schaue ich in jede Ecke und hoffe, dass ich etwas Leckeres zu Fressen finde. So, nach der anstrengenden Runde erst mal aufs Sofa. Prima, Frauchen hat das Kissen schon für mich in die richtige Position gelegt, ich werde es mir jetzt gemütlich machen und ein kleines Nickerchen einlegen. Kaum habe ich ein Auge zu, kommt Frauchen um die Ecke. Das ist nicht dein Platz, Ruby! Also runter vom Sofa, du Macho und alter Egomane, geh auf deine Decke! Ein Blick, der mehr sagte als tausend Worte. Wie ein geprügelter Hund schaute ich Frauchen über die Schulter und wartete mit völlig verständnislosen Blick auf ein liebevolles Nein, Ruby, bleib auf dem Sofa, du warst doch nicht gemeint. Ja, wer denn sonst, ist doch keiner hier außer uns, oder? Beleidigt gehe ich in den Wintergarten und mit leidigen Blicken schaue ich zu Frauchen in der Hoffnung, ich darf wenigstens am Fußende vom Sofa liegen. Ja, ich durfte, war aber mal wieder beleidigt und wollte nicht mehr auf dem Sofa liegen, mache ich es mir eben auf dem harten Holzboden gemütlich. Soll Frauchen ruhig sehen, wie ich leide. Laut stöhnend legte ich mich im Minutentakt in eine andere Ecke des Zimmers und stand ständig mit Frauchen in Blickkontakt, vielleicht bekommt sie doch noch Mitleid mit mir und bettelt darum, dass ich zu ihr aufs Sofa zurückkomme. Es dauerte nicht lange und Frauchen sagte, gut, Ruby, wenn du nicht willst, leide trotzig weiter auf dem Holzboden vor dich hin. Ja, ich war gekränkt und beleidigt und will jetzt nicht mehr zu Frauchen aufs Sofa, vielleicht später.

Aber jeden Tag an den Hundestrand, das will ich, was für ein klasse Hundedasein – Frisbee fangen und Ball spielen und anderen Hunden das Spielzeug klauen, das macht Laune, schwimmen und mit meinen liebsten Freunden toben und raufen oder ins Feld, Rehe und Hasen gucken und Frauchen alle meine Bäume und Sträucher zeigen. Kein Baum in meiner Gegend ist vor mir sicher, mein Duft haftet überall, ja, sollen auch alle sehen, dass ich hier unterwegs war, kommen ja sicher heute noch mehr zum Zeitunglesen hier vorbei. Sicher ist Frauchen froh, dass sie mich hat, würde sonst nicht stundenlang durch die Gegend latschen und Bäume gucken! Ich sorge schon dafür, dass uns nicht langweilig wird, ich will immer irgendwohin.

Oje, da hatte ich wieder was angestellt, ich dachte, Frauchen bekommt gleich einen Anfall, als sie die Knochen ihrer Rinderbrust suchte und sagte, Ruby, kann es sein? Mist, das gibt Ärger, ich geh mal lieber auf meinen Platz, da wusste Frauchen, ich hatte sie mir stibitzt, und im Nu waren sie verspeist, alle zwei. Völlig panisch rief Frauchen gleich bei unserem Tierarzt an, muss Ruby in den OP?

Nein, sagte der, aber beobachten, ob Ruby sein Geschäft machen kann. Oh ja, und wie er konnte, tat fast die ganze Nacht und den nächsten Tag nichts anderes mehr. Mit einem gequälten Gesichtsausdruck und Grummeln im Bauch verbrachte mein liebes Frauchen die ganze Nacht mit ihrem Ohr an meinem Bauch. Oh, ich war ja so leidend, das hatte Eindruck gemacht, und es gab stundenlange Bauchmassage und ganz viel Kuscheln und viele mitleidige Blicke von ihr. Ich ließ es mir gut gehen. Es gab noch warmes Sauerkraut mit Öl, das brauchte ich auch, so konnten wir uns nachts zusammen die Sterne ansehen, kaum wieder drin, schon wieder raus, was für eine Nacht!

So gegen acht Uhr morgens ging es mir wieder viel besser, endlich vom Bett aufs Sofa schleichen und es mir so richtig gemütlich machen. Wir sahen aus, als hätten wir drei Nächte Sterne geguckt, als Frauchen dann ernsthaft sagte, so, Ruby, komm, wir wollen ausgehen. Ein entsetzter Blick, ein lautes Aufstöhnen und mein Kopf fiel auf das weiche Kuschelkissen zurück. Was du heute machst, ist mir egal, ich werde es mir auf deinen Kissen gut gehen lassen. Noch eine Runde an den Kissenecken nuckeln und saugen, bis meine Äuglein vor Müdigkeit wieder zufallen. So, ich den ganzen Tag faul auf dem Sofa verbracht, als Frauchen früh am Abend im Sitzen einschlief, da war ich wieder fit und wollte was erleben, hatte ja genug rumgelegen, wollte raus in die Natur und Freunde treffen, ich war wieder da, es ging mir gut, ich war lustig und voller Elan. Stattdessen gab es Tee, leichte Kost und kleine Spaziergänge und früh ab ins Körbchen. Was für ein Hundeleben!!!

Frauchen sagte, sie hätte den leisen Verdacht, ich hätte ihre Fürsorge etwas ausgenutzt, um mich so richtig verwöhnen zu lassen. Das wäre nicht dass erste Mal, dass ich den sterbenden Schwan spiele. Als ich mir im Frühjahr eine sehr schlimme Erkältung einfing, es ging mir hundeelend und es regnete täglich eimerweise, brachte Frauchen mir ernsthaft ein Regencape mit nach Hause. Ich traute meinen Augen nicht, als sie sagte, schau mal, Ruby, habe ich dir heute mitgebracht! Oh, wie schick, in Dunkelgrau mit kleinen leuchtenden Hundepfoten an den Seiten, wie schön. Als Frauchen es mir anziehen wollte, fühlte ich mich schrecklich damit, keinen Schritt wollte ich so vor unsere Tür setzen. Also tat ich so, als könnte ich vor Schwäche leider nicht mitkommen. Frauchen sagte, es würde etwas albern aussehen, nützte mir aber leider nichts. Ich musste mit und hoffte bloß, dass wir niemanden treffen würden, den wir kennen. Bin doch kein Weichei, oder doch? Früher lagen Hunde wie ich vor der Tür im Schnee oder wohnten in einer glanzlosen Hütte und wurden nicht so betütelt, ich jedenfalls liege lieber auf dem Sofa oder ganz gemütlich gern breitbeinig in Rückenlage auf meinen Kissen in Frauchens Bett. Hunde im Bett? Frauchen sagt ja!!! Was gibt es Schöneres als Kuscheln? Nichts!! Das sollte auch jeder Hund selbst entscheiden dürfen, ob er lieber im oder vorm Bett liegt. Alles, was unsere Tierapotheke so hergab an Medikamenten und Vitaminen, hat Frauchen in mich reingestopft, und das war nicht wenig, hat aber geholfen, zum Glück.

Als ich wieder ganz der Alte war und der Raps so toll blühte, sollte ich mit zum Fotoshooting aufs Feld. Da ich ja auch sehr von mir eingenommen bin, macht es mir sehr viel Freude, und Frauchen setzte mich im Raps schon mal in die richtige Position, legte die Leine beiseite, und als ganz frech ein riesiger Feldhase direkt meinen Blickwinkel kreuzte, stellte ich mich wie ein wild gewordenes Pferd auf meine beiden Hinterbeine und ab durch den hohen Raps, schnell und elegant wie eine Gazelle sprang ich durch das meterhohe Feld. Frauchen bekam einen riesigen Schrecken, als sie mich nur alle paar Sekunden wie einen Springbock durch den Raps hüpfen sah und mich auf den Treckerspuren zu suchen begann. Und das mit den Fotos, Ruby, werden wir wohl besser verschieben, so wie du jetzt müde und völlig zerzaust aussiehst. Die Zunge hängt bis auf den Boden und der Blick nicht gerade von Ausdruck geprägt, zieht Frauchen mich mühselig wie einen alten Hund hinter sich her.

Endlich zu Hause angekommen und erst mal einen Blick in den Futternapf, ob Frauchen schon was eingefüllt hat. Habe jetzt Hunger nach dem anstrengenden Ausflug ins Grüne, dann den Wassernapf gierig ausschlürfen und den ganzen

Boden vollsabbern, damit Frauchen was zum Wischen hat. Ja, ich war ja so leidend, hatte ich mir doch am Strand mein rechtes Pfötchen an einer Muschel aufgeschnitten, eine große klaffende Wunde hatte ich und es blutete stark. Mein Frauchen wurde leicht panisch und wir schnell nach Hause, um das Pfötchen zu desinfizieren, Salbe drauf und einen schicken Verband anlegen. So, Ruby, nun bekommst du noch eine rote Babysocke drüber und dann siehst du schick aus, passend zu deinem Halsband und der Leine.

Ja ich fand mich toll, hatte ja nicht jeder am Strand so eine rote Socke an seinen Pfötchen. Ich hatte wieder, was ich wollte, ich und meine rote Socke waren der Hit, ich stand im Mittelpunkt. Wollten doch alle mal gucken kommen, wieso ich als Einziger am Strand rote Socken trage. Da hatte ich wieder meine ungeteilte Aufmerksamkeit. Da ich vom Sternzeichen Steinbock bin, brauche ich wohl nicht zu erwähnen, dass ich sehr gut weiß, was ich will oder auch nicht will. Was ich mir in den Kopf setze, versuche ich auch zu erreichen, koste es was es wolle. Ich habe eben einen sehr ausgefallenen Charakter und stecke gerne mal die Grenzen ab, ich bin sehr sensibel, harmonie- und kuschelsüchtig.

Meine Ziele verfolge ich sehr strebsam, und nur faul rumliegen, das ist nichts für mich, schon gar nicht im Körbchen. Meine Mama und Papa sind schließlich Hütehunde, ich will arbeiten, und zwar auch mit meinem Kopf. Wenn ich dann loswill und Frauchen nicht schnell in die Hufe kommt, klappere ich laut mit meinen Zähnen und zwicke sie gern mal in den Hintern. Meine Belohnung will ich mir verdienen und suche die Herausforderung. Ich bin extrem ehrgeizig und sorgfältig, was ich mache, will ich richtig machen, auch beim Blödsinn, entweder richtigen oder gar keinen. Auch meine verhaltensbiologischen Bedürfnisse werden voll akzeptiert und ich lebe als soziales Familienmitglied mit in unserer Gemeinschaft. Ich bin ein sehr ausgeglichener und zufriedener Hund, der täglich mit anderen Kollegen kommunizieren kann, knurren und markieren darf, und lebe so mein normales Verhalten noch aus. Viele Hunde glauben, sie heißen Nein, weil sie fast nichts mehr dürfen. Oje, wie traurig, ich bin ein Hund, der immer nach dem Sinn des Lebens sucht und das Herz am rechten Platz hat. Mein liebes Frauchen ist ja ein Skorpion und spielt gerne mal den Dompteur und zeigt mir, wo es lang geht, dabei habe ich selbst sehr gute Führungsqualitäten. Passen wir eigentlich vom Sternzeichen zusammen? Ja wir haben gelernt, unsere Bedürfnisse zu respektieren, und sind ein klasse Team, das sehr viel Spaß zusammen hat, und gehen gemeinsam durch dick und dünn.

Mein Frauchen ist eine herzensgute Kameradin, die sehr viel Verständnis für mich und meine Arroganz hat, nur oft nicht für meine Dominanz. Ich werde viel gelobt und sehr verwöhnt, vielleicht zu viel. Kann ein Hund zu viel verwöhnt werden? Nein, sicher nicht! Frauchen ist mein Glückskeks auf zwei Beinen, sie hat für mich einen kleinen Agility-Parcours im Garten selbst gebaut, lauter bunte Stangen aus Schwimmnudeln zieren nun unseren Garten, sieht klasse aus. Ja, sie ist sehr kreativ, wenn es darum geht, uns Tieren eine Freude zu bereiten. Sogar ein Tunnel liegt im Gras, und ein Reifen zum Durchhopsen hängt an unseren Apfelbaum, das macht mir riesigen Spaß und wir hüpfen dann gemeinsam über die Hindernisse, also ich springe und Frauchen fliegt, auch öfters mal auf die Nase, wenn sich meine lange Laufleine wieder mal um ihre Füße gewickelt hatte. Ja, wie traurig, ich kann nur noch an der langen Leine in unseren Garten, weil die gemeine Nachbarskatze Fritzi mich schon wieder geärgert hatte. Ich, Frauchen und Oma Katze liegen ganz gemütlich im Garten rum, als ich beim Dösen in der Sonne plötzlich einen stechenden Tatzenhieb auf meinem Allerwertesten spüre und Fritzi Traversal artig mit buschigem Schwanz und Buckel an mir vorbeisauste und schaute, ob ich ihn auch verfolgen würde. Das findet er wohl lustig, Frauchen nicht. Dann bin ich vor lauter Wut, um Fritzi zu kriegen, über unseren Komposthaufen zum Nachbarn in den Garten gesprungen und wäre fast auf der Straße gelandet, und Fritzi flüchtete wieder mal auf einen Baum. Wie immer habe ich ihn nicht erwischt, zum Glück, sagt Frauchen.

Dann hatte Frauchen eine super Idee. Sie hatten ja diese tolle Laufleine für mich besorgt und wickelte sie um den großen Apfelbaum in unserem Garten und mich gleich dazu. So, nun hatte ich ja eine 10-Meter-Leine an meinem Geschirr hängen und lag wieder mal gut gelaunt in der Sonne, während mein liebes Frauchen diese schicken Blumen in die Kübel pflanzte. So, dachte sie wohl, hätten wir beide was vom Garten. Bis mir langweilig wurde und Frauchen ganz vertieft mit ihren Blumen beschäftigt war, fing ich schon mal an, die fertigen Blumentöpfe alle wieder auszubuddeln.

Also, sie buddelte ein und ich wieder aus. Klasse, das machte Spaß. Ohne dass Frauchen was merkte, schüttelte ich mir die Pflanzen samt Erde kräftig um die Ohren, meine Fellnase war schwarz und mit nasser Erde übersät. Die Blütenpracht war dahin, und der Radius meiner Leine war mit zerfetzten Stiefmütterchen übersät. Als ich vor lauter Freude quiekend mit den Pflanzenresten im Maul wie ein Irrer um den Baum rannte, traf mich plötzlich ein scharfer Blick. Wir sahen uns in die Augen, oder besser gesagt, ich sah weg und dachte, das war wohl nicht so gut, oder? Frauchen schäumte vor Wut alles war zerstört, das gab einen Anschiss und sie wollte mich nun nicht mehr beim Pflanzen dabeihaben, und so verbrachte ich die restliche Zeit hinter der Fensterscheibe in unserem Wintergarten mit Sicht nach draußen. Statt in der Sonne gemütlich unter dem Apfelbaum abzuhängen, schmorte ich nun beleidigt vor mich hin. Nichts darf man! Ich fand das jedenfalls lustig und habe mich so richtig amüsiert, aber wohl auch nur ich!

Mein bester Freund Buddy und ich haben mein Frauchen beim Rumtoben im Wald versehentlich umgerannt. Da lag sie nun, die Arme, und hatte sich die Innenbänder gerissen. Oje, nun war Frauchen gehbehindert und Buddys Frauchen ist täglich mit uns am Strand gelaufen, während mein liebes Frauchen mit Schmerzen im Sand saß und uns traurig hinterherwinkte. Nachdem ich wochenlang mein Frauchen humpelnd hinter mir hergezogen hatte, ist sie zum Glück wieder ganz fit so weit und die Spaziergänge wieder lang und lustig, und wir können hoffentlich bald wieder leichtes Jogging machen, denn das mit dem Fahrradfahren hat leider auch nicht so gut geklappt, bin ich wohl zu stürmisch gewesen, und Frauchen lag mir zu Füßen, das fand sie gar nicht so lustig, leider gab es auch einen richtigen Anschiss für mich. Bin eben noch sehr verspielt, stürmisch, jung und voller Tatendrang und mache gern, was mir gefällt, und bin ganz gespannt auf meinen Nachwuchs, der sicher genauso witzig, charmant und arrogant sein wird wie ich!

Ja, klasse nun war ich halbnackt, tolle Ideen hat Frauchen immer. Also los zur tiermedizinischen Fortbildung mit

Hund. Kaum angekommen, sollte ich mein Bauchfell ablegen, also Platz und in Rückenlage einmal mit dem Rasierer mein schönes langes Haar abrasieren. Frauchen wollte mich wohl mal von innen ansehen! Oje, das hatte Frauchen sich so nicht vorgestellt, ich war felllos und bauchfrei, alle sonografierten auf meinem nackten Bauch rum, ich wollte weg, ganz schnell weit weg. Kaum fertig, sollte ich in ein paar Wochen zur Herzsonografie kommen, wir wurden gefragt, ob wir Lust hätten, wieder mitzumachen, allerdings müsste Rubys ganze Brusthaarpracht ab. Oh, nein danke, sagte mein liebes Frauchen, das wollen wir sicher nicht, wir kommen mal wieder, wenn nichts abmuss. So hatte Frauchen es sich nicht vorgestellt, hatte Monate gedauert, bis meine Haare wieder lang und schön waren, und es war sehr kalt an meinem Bauch. Ja, Ruby, du hast doch dieses schicke Regencape, kannst ja das so lange tragen! Bloß das nicht, so wollte ich nicht vor die Tür!!!

Ja, der Tag ist gekommen und mein liebes Frauchen hat mich so richtig rausgeputzt und sagte, so, Ruby, nun wollen wir uns mal deinen Nachwuchs ansehen, falls er schon da ist. Also legte sie mir das schicke rote Halsband an, wickelte mir das blau-weiß karierte Halstuch um mit den hübsch eingestickten roten Worten „Kleiner Herzensbrecher", und nun nichts wie los und erst mal durch den ruhigen Forst spazieren gehen, und als Frauchen sagte: So, Ruby, nun komm anleinen, da war ich schon wieder weg. Ruby kannst du nicht hören oder bist du taub? Ja, taub vielleicht schon, aber blind bin ich sicher nicht, hatte ich doch einen stinkenden alten Tümpel entdeckt und Frauchen schrie: Nein, Ruby! Ja, das war wohl zu spät, ich bin schon drin, und das mit dem Rausputzen hatte sich auch erledigt. So, Ruby, nun gehen wir wieder nach Hause. Du stinkst schrecklich.

Alles war voller Matsch und Blütenpollen, meine Haarpracht war hinüber, das schicke Halstuch nicht mehr zu erkennen, nun war ich ein komplett schwarzer Aussie, oder besser gesagt, ein Waldmännchen auf vier Pfoten, nichts mehr mit langen hellen Brusthaaren, und meine weißen Söckchen waren auch ganz schwarz. Ich stank erbärmlich nach alter Gülle, wie ein stinkendes Fellknäuel, das zu Hause erst mal mit dem Gartenschlauch abgeduscht werden musste. Oje, das ging gar nicht ab, das ganze Fell völlig verklebt. Ich war traurig, wollte nicht so schmutzig aussehen, ja, ich mag sauber und gepflegt rumlaufen. Bevor ich zum Mittagsschlummie wieder aufs Sofa durfte, hat es noch so einige Zeit und Nerven gekostet, um nicht zu sagen Tage!!!

Es war so weit, mein Nachwuchs wurde am 25.5.2009 ganz in meiner Nähe geboren. Es sind drei putzige Mädchen und zwei Jungen und sie sehen aus wie kleine Minischweinchen, sagt Frauchen.

Ich durfte ja leider wieder mal nicht mit, um meine Angebetete zu besuchen. Sie wäre sicherlich auch nicht so begeistert gewesen, hatte ihr doch schon gereicht, dass mein liebes Frauchen ihre Hände in die Babykiste steckte, um die kleinen Racker in ihre langen Arme und ihr großes Herz aufzunehmen! Bin ich jetzt nicht mehr die Nummer eins für mein Frauchen? Und wird ihr Herz erweichen und kommt vielleicht doch noch ein Babymonster zu uns ins Haus?

Als Frauchen nach Hause kam, roch ich sofort, dass sie bei Hundefreunden war – und das ohne mich? Frauchen war nur am Schwärmen, wie süß die kleinen Rackerdolls doch alle sind, der eine liegt jetzt schon wie ich in meiner Schlafposition auf dem Rücken und hat wie ich schöne weiße Haare am Bauch und wie ich ein mittellanges Schwänzchen, der andere ist ein ganz schön properes Kerlchen und hat ein kurzes Stummelschwänzchen, ja, zwei meiner Geschwisterchen hatten auch ein Stummelschwänzchen, ich dagegen nicht. Die anderen konnte Frauchen nicht so sehen, sie hatten alle mittags Schlummie gemacht, aber in zwei Wochen wollen wir noch mal hin, vielleicht zusammen, oder bleibe ich etwa wieder hier allein zu Haus?

Und will Oma Katze etwa auch wieder Babymonster angucken? Soll sie bloß bei mir bleiben und wir machen klasse Hütchenspiele mit den lecker versteckten Würstchenenden!

Frauchen sagte, man kann noch nicht viel sehen, ja, wir Aussies brauchen etwas länger mit der Entwicklung, auch unsere Haarpracht ist erst mit drei bis vier Jahren so richtig ausgeprägt. Wir sind eben Spätentwickler, lange albern und sehr verspielt, das ist auch gut so! Ich soll meine Jugend lange genießen, sagt mein Frauchen, denn alt werden wir später, und zwar gemeinsam! Da meine Angebetete schwarz-braun ist und ich ein Tricolor mit den schicken Nuancen in drei Farben, werden die kleinen Racker natürlich wunderschön, also genau wie ich! Auch etwas kleiner ist sie, eine zarte Schäferhund-Mix-Dame oder so? Das Gegenteil von mir, ich, der starke und von Persönlichkeit geprägte Draufgänger, ein Hansdampf in allen Gassen!!!

Weitere lustige Geschichten über mich gibt es im nächsten Buch, versprochen. Bis bald, euer Ruby Rackerdoll.